Bin ich ein Kampfhund?

AF287381

Ein Cane Corso Mädchen erzählt.

Syzan Crow

Für Paddy und Balou

FSC

www.fsc.org

MIX

Papier aus ver-
antwortungsvollen
Quellen

Paper from
responsible sources

FSC® C105338

Impressum

Bibliografische Information der Deutschen Nationalbibliothek:
Die Deutsche Nationalbibliothek verzeichnet diese Publikation
in der Deutschen Nationalbibliografie;
detaillierte bibliografische Daten sind im Internet
über http://dnb.dnb.de abrufbar.

Die automatisierte Analyse des Werkes, um daraus
Informationen insbesondere über Muster, Trends und
Korrelationen gemäß §44b UrhG („Text und Data Mining")
zu gewinnen, ist untersagt.

© 2024 Syzan Crow

Fotos by: Syzan Crow

Verlag: BoD • Books on Demand GmbH, In de Tarpen 42, 22848 Norderstedt

Druck: Libri Plureos GmbH, Friedensallee 273, 22763 Hamburg

ISBN: 978-3-7597-7990-8

I

Einleitung

Ich darf mich vorstellen:

Zazou.

Eine Cane Corso Hundedame.

Mittlerweile lebe ich seit zehn Jahren bei meinem Frauchen, die mich, als ich acht Monate alt war, gefunden hat. Besser muss ich sagen, gerettet hat. Aber dazu später mehr.

Kapitel 1

Jetzt hier, von meinem Platz aus, kann ich alles beobachten, was wichtig ist. Für mich wichtig ist. Ich höre schon lange, bevor mein Frauchen überhaupt etwas mitbekommt, wer sich nähert, wer vorbeifährt. Fahrradfahrer mag ich gar nicht. Meine Familie und das Haus zu beschützen, ist meine Aufgabe. Deshalb schlafe ich auch immer nur mit einem geschlossenen Auge. Das andere wacht über alles. Mit meinen Ohren funktioniert es auf die gleiche Art. Jedoch bin ich bereits über zehn Jahre alt und meine Reaktionen sind nicht mehr so ausgeprägt wie früher, als ich noch ein junger agiler Hund war. Meine Bewegungen werden langsamer. Es schmerzt ab und zu in meinen Gelenken, fühlt sich alles eingerostet an, obwohl ich mich reichlich bewege. Dennoch bin ich dankbar dafür, wenn mein Frauchen an einem Tag keine Lust hat, weit zu laufen. Da ich ihre Sprache nicht beherrsche, sie meine auch nicht, kommunizieren wir fast ausschließlich mit Zeichen und Gesten. Das funktioniert super gut. Wenn ich mit ihr unterwegs bin und ich keinen Antrieb mehr habe weiterzulaufen, stelle ich mich quer vor sie und zeige ihr damit, dass es für heute reicht. An meinem Hecheln erkennt Sue, so heißt mein Wohnungsgeber, dass ich Schmerzen habe. Sie hat es vorher schon gesehen. Jedoch möchte ich natürlich raus und laufen. Erschnüffeln, was sich von gestern bis heute auf unseren Wegen getan hat, wer da war. Ich erkenne einen Hund aus der

Nachbarschaft. Mit seinen sieben Lebensjahren wird er es nicht mehr lernen auf einen Fleck zu pinkeln, still dabei zu stehen. Er verteilt seine Hinterlassenschaften auf zwei Meter. Einmal habe ich ihn dabei beobachtet, als wir uns durch Zufall trafen.

Welch akrobatische Glanzleistung auf drei Pfoten.

Kapitel 2

Zu Sue und ihrem Mann kam ich im September 2014, nachdem ich von Argentinien aus nach Deutschland geflogen wurde und zuerst bei einem Typ in Norddeutschland gelandet bin. Dort, im Norden, angekommen, wurde ich von der Familie nicht nett empfangen. Klein sei ich, so wurde über mich geurteilt und die Farbe passt nicht, wie die auf den Fotos von Argentinien. Dann wurde ich von oben bis unten untersucht. Es wurde an mir herumgetatscht, überall. Mein Kopf senkte sich, denn es war mehr als unangenehm und es tat mir am Knie weh. Meine Ohren wurden nach oben gehalten. Sie fotografierten mich aus allen Winkeln, hielten dazu noch meinen Schwanz gerade. Mein neuer Herr war nicht freundlich. So mein Eindruck. Er hatte immer mehr an meinem Aussehen auszusetzen und meckerte über meine Rute, weil sie nicht gerade sei, wie bei anderen Cane Corso. Und davon hatte er anscheinend einige. Außerdem sei ich zu klein für mein Alter und ich würde komisch laufen. Er stellte mich auf den Fußboden, entfernte sich einige Schritte von mir, drehte sich um und rief meinen Namen. Ich hob den Kopf, denn meinen Namen kannte ich bereits und lief wedelnd auf ihn zu. Sein Gesicht verfinsterte sich, als er mich anschaute, sodass ich auf dem letzten Stück zu ihm langsamer wurde, den Kopf wieder senkte und einen Meter vor ihm stehen blieb. Sein Unmut war groß. Er schimpfte mich aus. Bezeichnete mich als Krüppel-Hund mit Schweineschwanz.

Ja, mein Schwanz war nicht gerade wie bei den anderen Hunden. Er kringelte sich, wenn ich wedelte, nach oben und ja, ich humpelte zu diesem Zeitpunkt.

Was er allerdings nicht wusste, war die Aktion im Flugzeug. In Argentinien hatte mich ein Mann in eine Box gepackt und am Flughafen abgegeben. Danach wurde ich in ein Flugzeug geschoben. Rechts und links von mir noch andere Hunde in unterschiedlichen Boxen. Während des Fluges gab es Turbulenzen und es schüttelte meine Box kurz durch. Ich hatte mich so sehr erschrocken, dass ich in meiner Box panisch wurde und rumgehampelt habe. Trotzdem meine Box gesichert war, löste sie sich und stürzte eineinhalb Meter tief. Durch den Aufprall bin ich gegen die Boxentür gefallen und sie sprang auf. In meiner Panik sprang ich aus der Box und lief planlos durch den Frachtraum. Die anderen Hunde bellten und randalierten in ihren Boxen. Ein vollkommenes Durcheinander. Nach kurzer Zeit bemerkte ich einen stechenden Schmerz am linken Hinterlauf. Es tat so weh und ich blieb in einer Ecke liegen, wo ich Schutz vor all dem Unbekannten und dem Lärm suchte.

So zusammengekauert verbrachte ich die restliche Flugzeit von Argentinien nach Deutschland.

Kapitel 3

Dass ein Mann vom Flughafen mich im Frachtraum gefunden hatte, wusste mein neuer Herr von ihm. Dieser Mann hatte mich unfein zurück in meine Box verfrachtet.

In meinem neuen Zuhause wurde ich dann nach all den Begutachtungen in eine große Box, mit Metallgitterstäben, gesetzt. In dieser Box stand ein Wassernapf, eine dünne Decke lag auf dem Boden. Ich versuchte mir, mit meinen Pfoten auf dem harten Boden mit der Decke eine einigermaßen weiche Unterlage zu bauen. Dies gelang nur mäßig. Hart bleibt hart. Auf diesem Häufchen Decke rollte ich mich ein und schlief für einige Stunden. Bis ich am nächsten Morgen durch einen Tritt gegen das Gitter geweckt wurde. So lange hatte ich noch nie geschlafen.

Vor meiner Box stand ein Kind und trat immer wieder gegen das Gitter. Verstehen konnte ich das nicht. Mein Herr kam und öffnete die Box, eine Leine in der Hand. Schleichend kam ich auf ihn zu, er legte mir das Halsband mit der Leine an und rupfte an mir mit den Worten: „Nun komm. Mach flott.“

Ich musste so nötig, dass ich kaum laufen konnte. Wir gingen nach draußen und ich sah zum ersten Mal den Garten, in dem vier andere Hunde spielten. Alle größer als ich, schon erwachsen. Riesengroß in meinen Augen, denn unter ihrem

Bauch hätte ich locker darunter herlaufen können. Werde ich auch so groß? Weiter hinten sah ich einen Hund, der fast die gleiche Größe hatte wie ich. Mit dem kann ich spielen, dachte ich. Dachte ich aber auch nur. Nachdem ich mein Geschäft erledigt hatte, rupfte mein Herr wieder an der Leine und ich folgte ihm zurück in das Haus. Langsam, mit gesenktem Kopf. Wie gern hätte ich mit dem Kollegen gespielt, wäre um die Wette gelaufen.

Mein Herr verfrachtete mich unsanft wieder in die Box, denn ich sträubte mich hineinzugehen. Also fasste er mich am Hals und am Rücken und warf mich hinein. Ich fiel auf mein immer noch schmerzendes Bein und blieb eingeschüchtert liegen. Er knallte die Tür zu, schob den Riegel vor und ich blieb dort bis zum Abend. Hunger hatte ich, aber ich bekam nichts. Menschen liefen an meiner Box vorbei. Ab und zu blieb jemand stehen, schaute mich an und ging weiter. Stimmen konnte ich aus einigen Zimmern hören und verschiedene Arten von Bellen. Am Abend kam mein Herr zurück und es folgte die gleiche Prozedur wie am Morgen. Er war nicht freundlich. Allerdings bekam ich etwas zu essen, als ich wieder in meiner Box verweilte.

Mit vollem Magen schlief ich ein. Die nächsten Tage verliefen genauso wie der erste Tag. Ich sah nichts, lernte nichts, kam nur zum Pippi machen nach draußen. Andere Hunde spielten dort, ich nicht.

Einige Tage vergingen, da nahm mich mein Herr mit zum Tierarzt. Dort wurde ich untersucht und es wurde an mir herumgedrückt. Als der Arzt an meinem linken Hinterlauf mit der Hand entlangfuhr, jaulte ich auf. Es tat immer noch so weh.

„Das müssen wir röntgen", war seine Entscheidung.

Drei Menschen hielten mich auf dem glatten und sehr kalten Röntgentisch fest. Die Diagnose war nicht das, was sich mein Herr erhofft hatte.

„Das Knie ist kaputt", waren die Worte von dem Arzt und er ging mit meinem Herrn in ein anderes Zimmer.

Zu Hause angekommen, wurde ich wieder in die Box gepackt.

„Und für dich habe ich so viel Geld bezahlt", zischte er in meine Richtung. Die nächsten Tage und Wochen verliefen ebenso wie der erste Tag.

Behandelt wurde mein Bein nicht.

Kapitel 4

So blieb ich fünf Monate in dieser Box. Bekam nichts von der Außenwelt mit, außer den kleinen Momenten im Garten. Dort sah ich immer wieder Welpen in den verschiedensten Farben. Alle sahen ähnlich aus wie ich. In diesen Momentaufnahmen fielen mir Männer auf, die diese Welpen begutachteten, fotografierten und darüber diskutierten. Mich aber steckte mein Herr wieder in die Box. Für mich interessierte sich niemand.

An einem Tag, als ich wieder teilnahmslos auf meiner Decke lag, die nur einmal in der ganzen Zeit gewechselt wurde, kam mein Herr zu mir und holte mich aus der Box heraus. Es ging in den Garten, aber danach nicht zurück in die Box, sondern ins Auto. Ich wusste nicht, was geschah.

Im Auto lagen eine Decke, mein Futternapf und ein Spielzeug. Dieses kannte ich bisher nicht. Liegend auf der Ladefläche fuhren wir viele Stunden, ohne Pippipause.

Irgendwann kamen wir an einem Haus an und mein Herr stieg aus. Ich musste im Auto warten. Draußen traf er auf einen Mann und eine Frau, die meinen Herrn freundlich begrüßten. Neugierig schaute ich aus dem Fenster und beobachtete die Situation. Nach ein paar Minuten kam mein Herr zum Auto zurück, öffnete die Heckklappe, legte mir die Leine an und ließ mich endlich heraus. So lange hatte ich noch nie Pippi gemacht, es wurde höchste Zeit.

Mit mir an der Leine ging er in Richtung dieses Pärchens. Die Frau hatte ein sehr freundliches Gesicht und sprach mich leise und ruhig an: „Hallo, kleines Mädchen." Sie hielt mir ihre Hand hin und ich schnüffelte vorsichtig daran. Sie roch gut.

Wir gingen noch einige Minuten durch den Garten und mein Herr löste die Leine. Diesen Moment nutzte ich und suchte mir in einer Ecke auf der Wiese ein Plätzchen, um mein großes Geschäft zu verrichten. Auch das war nach der langen Fahrt bitter nötig.

„Fein hast du das gemacht", sagte die Frau wieder sehr ruhig und ich blieb stehen, wie angewurzelt, schaute sie an. Noch nie hatte mich jemand dafür gelobt, dass ich mein großes Geschäft erledigt hatte. Mit vorsichtigen Schritten ging ich durch den Garten, schaute mich um und schnüffelte. Vollkommen fremde Gerüche. Mein Herr unterhielt sich währenddessen mit den Leuten. Mich interessierte das nicht, denn ich konnte zum ersten Mal ohne Leine laufen und genoss diese kleine Freiheit sehr, wenn auch nur kurz.

„Zazou ... HIER!", rief mein Herr. Ich folgte traurig und ging sehr langsam, mit gesenktem Kopf und eingeklemmtem Schwanz, in seine Richtung. Die Leine wurde wieder an das Halsband geklickt und wir gingen in Richtung Auto. Bitte nicht wieder in das Auto, dachte ich.

Jedoch kurz vor dem Auto bog er nach links ab und wir gingen gemeinsam in das Haus, ins Wohnzimmer. Mein Herr setzte sich auf das Sofa, die Frau reichte Kaffee und ich legte mich vor meinen Herrn. Die Diskussionen schienen mir endlos. Immer wieder zeigte mein Herr auf mich, hielt meine Ohren hoch, stellte mich repräsentativer hin, tätschelte meinen Kopf. Noch nie hatte er mich gestreichelt und bei den Berührungen schaute ich ihn mit großen Augen an. Es fühlte sich für mich nicht ehrlich an. Irgendwann ging mein Herr aus dem Zimmer, kam nach ein paar Minuten wieder und verabschiedete sich von den Leuten. Ich blieb an der Stelle vor dem Sofa sitzen und beobachtete, was geschah.

Nach kurzer Zeit, ich saß immer noch dort, kam die Frau auf mich zu und kniete sich vor mich. Ich senkte den Kopf.

„Herzlich willkommen. Gefällt dir dein neues Zuhause?", war ihre Frage. Ihre Hände streichelten vorsichtig meinen Hals und über meinen Rücken. Das fühlte sich gut an, ehrlich und aufrichtig, ich hob den Kopf und schaute sie an. Sie streichelte mich weiter. Der Mann kam dazu, blieb stehen und schaute uns zu.

„Sue, schau mal, welch traurige Augen der Hund hat."

„Du hast recht. Sehr traurig." Sie streichelte mich weiter.

„Ja, du kleines Hundemädchen, das müssen wir ändern", sprach sie mich an. „Wollen wir noch mal nach draußen gehen?"

Ich schaute sie nur an.

„Komm mit", sagte sie mit ruhiger Stimme.

Vorsichtig stand ich auf, den Schwanz wieder zwischen meinen Beinen geklemmt, und folgte ihr zur Haustür.

Sie legte mir die Leine an, öffnete die Tür und ging mit mir nach draußen. Da ich sehr nervös war, musste ich nach wenigen Metern schon wieder Pippi machen. Sie wartete geduldig, bis ich fertig war. Der Mann folgte uns und wir gingen gemeinsam zu einem großen Feld, welches direkt an das Grundstück grenzte. Dort drehten wir eine große Runde. Ich lief brav neben der Frau und schnüffelte ab und zu. Alles fremd. So viele interessante Gerüche. Der stoppelige Feldboden piekte an meinen Pfoten. Ungewohnt.

Als wir an einen kleinen Teich kamen, flogen zwei Enten weg und ich erschrak, ging ein Stück zurück, schaute den Enten nach. Enten kannte ich bis jetzt nicht.

„Komm mit, lass uns weiter gehen", sagte die Frau, ohne an meinem Halsband zu rupfen. Ich folgte ihr. Sie war so freundlich.

Zurück im Haus angekommen, zeigte die Frau mir einen Wassernapf, der im Flur stand, daneben mein Futternapf.

Dann führte sie mich zu einer großen Matratze, mit einer dicken weichen Decke, die in einer Ecke im Flur lag. Der Flur war sehr groß. Eine Box sah ich nicht.

„Das ist dein Schlafplatz, mach es dir bequem."

Ich ging vorsichtig auf die Matratze und verlor kurz die Kontrolle über meine Pfoten. So weich. Das Gleichgewicht hatte ich schnell wieder gefunden, rollte mich auf der viel zu großen Fläche gemütlich zusammen und schlief ein.

Ich schlief bis zum nächsten Morgen.

Kapitel 5

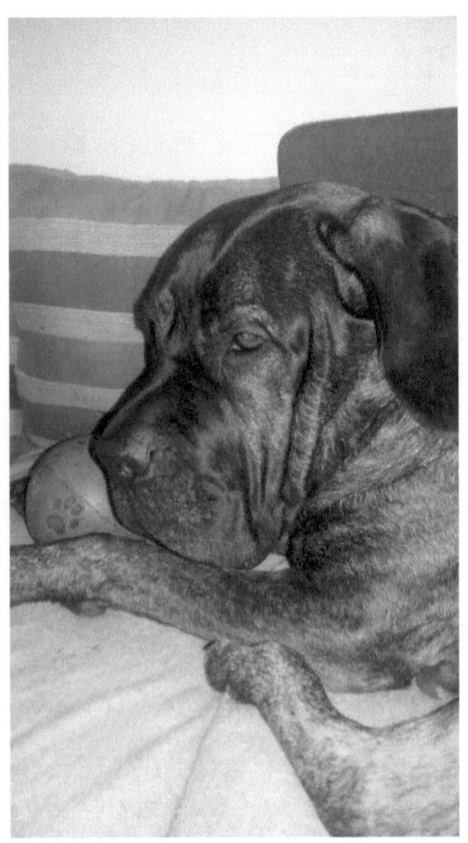

Am nächsten Morgen wurde ich wach und wusste nicht, wo ich war. Hatte ich geträumt? In dem Raum nebenan klapperte etwas. Stimmen des Pärchens von gestern drangen zu mir herüber, betrafen mich aber nicht, soweit ich das einstufen konnte. Ich blieb auf meiner Decke liegen, die so schön warm und weich war, aber zweifelsohne musste ich Pippi machen. Also machte ich mich auf meinen Pfoten in Richtung Küche und bemerkte, wie sehr mein Hinterlauf schmerzte.

„Guten Morgen, Frau Hund." Ihre Stimme war immer noch so freundlich. Ein kleines Stück hob ich meinen Kopf, den Schwanz hatte ich wieder eingeklemmt, was Sue bemerkte.

„Du brauchst dir keine Sorgen mehr zu machen. Entspann dich. Alles ist gut. Hier tut dir keiner was."

Ich verstand ihre Worte nicht, dennoch hörten sie sich ehrlich an.

„Komm mit. Wir gehen raus."

Draußen war es kalt, es war noch sehr früh am Morgen. Das Gras war nass.

„Warum humpelst du?"

Sue blieb stehen und ich neben ihr. Sie beugte sich zu mir herunter und strich über meine Beine. Leider auch über die schmerzende Stelle und ich heulte leise auf.

„Das müssen wir kontrollieren lassen. Irgendetwas tut dir weh. Wir fahren gleich zum Tierarzt. Der hilft dir."

Im Haus ging ich zurück auf meine Matratze, aber Sue rief mich in die Küche und ich sah meinen Fressnapf. Sie füllte ihn mit kleinen Brocken, schnitt einige Fleischwurststückchen, die sie ebenfalls in meinen Napf legte. Dann ging sie mit mir in den Flur und ich bekam mein erstes Frühstück in meinem kurzen Leben.

War das lecker.

„Guten Appetit", sagte sie noch dazu, als sie den Napf abstellte.

Satt und zufrieden legte ich mich wieder auf meinen Platz und schlief ein.

Sue weckte mich irgendwann. Ich hatte das Gefühl, als müsste ich schlafen, schlafen, schlafen. Sie legte mir das Halsband und die Leine an und wir gingen zum Auto. Als die Heckklappe geöffnet wurde, senkte ich meinen Kopf und machte überhaupt keine Anstalten, dort hineinzuspringen. Will sie mich wieder verfrachten, anderswo hinbringen? Meine Gedanken spielten verrückt und ich ging rückwärts, um ihr zu zeigen, dass ich dort nicht einsteigen will.

„Alles ist gut", hörte ich sie sagen, aber ihre Worte konnten mich nicht beruhigen. Meine Angst war so groß. Lange war ich doch noch nicht hier und jetzt musste ich schon wieder gehen. Sue sah mein Knittergesicht und bemerkte meine Angst. Davon ließ sie sich aber nicht beeindrucken. Sie packte mich auf ihren Arm, so schwer war ich (noch) nicht, setzte mich auf der Ladefläche ab und sagte erneut, dass alles gut sei. Ich habe ihr nicht geglaubt. Zitternd legte ich mich nieder, sie stieg ein und wir fuhren los. Sue fuhr sehr vorsichtig. Meine Erinnerung an die letzte Autofahrt mit meinem unfreundlichen Herrn war anders. Oft bin ich auf dessen Ladefläche nach vorn gepurzelt. Aber das war jetzt auf unbekannte Weise anders.

Sue sprach während der Fahrt mit mir und ich hörte immer wieder die Worte: „Alles ist gut". Meine Angst legte sich ein wenig. Aus dem Fenster heraus sah ich nicht viel, denn ich traute mich nicht aufzustehen. „So, wir sind da", sagte sie nach ein paar Minuten.

In der Tierarztpraxis angekommen, wurde ich herzlich begrüßt. Da ich mich hier mehr als unwohl fühlte, komische Gerüche mich umgaben, blieb ich sehr nah neben Sue stehen. Die Frau im Kittel rief mich bei meinem Namen. Auch sie redete leise, wie mein Frauchen. Ich verstand gar nichts, stand nur da. Nach einem kurzen Gespräch mit Sue sagte die Frau:

„Wir checken sie komplett durch und röntgen das Bein. Es muss doch einen Grund geben, warum sie humpelt."

Nach den ganzen Untersuchungen saßen wir wieder im Wartezimmer, in dem noch andere Menschen mit ihren Tieren warteten. Ich setzte mich wieder neben Sue. Uns gegenüber saß ein Hund, der am ganzen Körper zitterte und als er aufgerufen wurde, zerrte ihn sein Herr am Halsband hinter sich her. Der Hund lief nicht, seine Pfoten schliffen über den glatten Boden. Der Anblick ließ mich noch näher zu Sue rutschen.

Kurze Zeit später wurden wir aufgerufen. Sue stand auf, ich blieb sitzen.

„Komm mit", sagte sie und schaute mich an.

Dieses -komm mit- schien für mich nichts Böses zu bedeuten, also stand ich auf und folgte ihr. Im Behandlungszimmer roch es jetzt wieder anders. Ich setzte mich auf meinen Schwanz. Das hatte ich mir schon lange angewöhnt, denn in dem alten Zuhause, in Argentinien, sind mir Leute regelmäßig auf meinen Schwanz getreten und das tat so weh. Und da er sich ja wunderbar kringelte, konnte ich mich auf den Kringel setzen. So waren mein Popo und mein Schwanz geschützt.

„Zazou ist gesund und fit. Allerdings ist ihr linkes Knie deformiert und das bereitet ihr

Schmerzen. Ich vermute, dass sie so geboren wurde, oder sie ist gestürzt. Behalte es im Auge und wenn es schlimmer wird, kommt ihr wieder", sagte die Kittelfrau.

Sue schaute mich an und ich sie.

„Nun, Humpelchen, dann fahren wir jetzt wieder nach Hause. Komm mit."

Das Kommando kannte ich schon; ich stand auf und wir gingen zum Auto. Dort angekommen, sprang ich selbst in das Auto, setzte mich hin und Sue staunte, sagte aber nichts, sondern streichelte mich, als sie mir die Leine abnahm.

Das war Lob genug für mich.

Kapitel 6

In meinem neuen Zuhause kannte ich nur den eigenen Garten, bis jetzt. Sue nahm mich ab sofort überall hin mit. Ich lernte in kurzer Zeit meine Umgebung besser kennen. Sie nahm mich mit zum Einkaufen, zu ihrer Freundin, ins Café, an den See. Täglich liefen wir gemeinsam im Wald gegenüber. Erst nur kurze Strecken, später dann auch lange Runden. Sue nahm Rücksicht auf mich und ich auf sie.

Eines Tages, an einem Spätnachmittag, liefen wir wieder unsere gewohnte Strecke im Wald, als uns ein Mann mit einem schwarzen Hund entgegenkam. Der Hund freute sich schon aus der Ferne und auch ich zeigte mich freundlich. Als wir aufeinander zu liefen, zog der Hund in meine

Richtung und ich wollte zu ihm, mit ihm spielen und laufen.

Sue grüßte den Mann freundlich, er erwiderte nichts, schaute nur grimmig. Grob riss er seinen Hund zurück. „Hierhin. Du spielst nicht mit einem Kampfhund. Weiter jetzt." Beide gingen zügig an uns vorbei und ich schaute hinterher, immer noch im Spielmodus.

„Ach Süße, das tut mir leid. Der Hund war so freundlich, aber der Mann anscheinend nicht." Ich schaute sie nur verwundert an, während wir weiterliefen.

Das Wort -Kampfhund- hatte ich schon einmal bei meinem ehemaligen Herrn gehört, als einige

Männer sich in seinem Garten über die zahlreichen Welpen unterhielten.

„Bin ich ein Kampfhund?"

Zu Hause angekommen, erzählte Sue ihrem Mann von dem Erlebnis. Ich lag neben ihr auf dem Teppich und immer, wenn ich meinen Namen hörte, hob ich den Kopf. Das musste ich noch lernen, meinen Namen zu ignorieren, wenn nur erzählt wird.

Aber auch zu unterscheiden, wenn ich gerufen werde. So entschied ich, es von der Tonlage und der Gestik abhängig zu machen.

Täglich lernte ich Neues kennen. Dazu gehörte auch, dass ich alleine bleiben musste, wenn Sue und ihr Mann zur Arbeit gingen. Alleine bleiben konnte ich schon. Ich habe monatelang alleine in meiner Box verbracht. Jetzt allerdings war meine Box größer. Es war die gesamte untere Etage des Hauses und währenddessen meine Leute außer Haus waren, konnte ich jede Ecke erkunden, mich bewegen.

Das tat ich auch und fand irgendwann den Holzkorb mit Scheitholz für den Ofen. Meine Langeweile war groß und ich nahm mir ein Stück Holz und legte es vor mich, mitten im Wohnzimmer. Sofort holte ich das nächste, legte ich mich daneben und begann daran zu nagen. Was ein Spaß. Herrlich, wie die Splitter um mich herumflogen. Aus diesen Stücken machte ich in kürzester Zeit Kleinholz. Bis ... ja, bis Sue nach Hause kam.

Das Auto hatte ich in meinem Holzwahn nicht gehört, nur, dass plötzlich die Haustür aufging. Ich lief sofort dorthin und freute mich, dass sie wieder da war. Sue streichelte mich auf dem Weg in die Küche, freute sich ebenfalls. Von der Küche aus konnte sie ins Wohnzimmer schauen. Sie blieb versteinert stehen. Im Wohnzimmer sah es aus, als wäre der komplette Holzkorb explodiert. Verängstigt ging ich zwei Schritte zurück. Sue nahm ein Stück Holz in die Hand und ich ahnte, dass es gleich in meine Richtung fliegen würde. Sie schaute verbittert und atmete schwer. Sie hielt das Stück Holz in meine Richtung und sagte nur sehr laut: „Nein." Dann schickte sie mich auf meinen Platz im Flur. Sie zeigte mit dem Finger in diese Richtung. Mit gesenktem Kopf folgte ich dem Zeichen und ging auf die Matratze. Sehen konnte ich sie nicht mehr, nur hören. Sie kehrte mit dem Besen die verteilten Stücke zusammen, lief an mir vorbei, ohne mich anzuschauen, holte einen Eimer und die Kehrschaufel und verschwand wieder im Wohnzimmer. Der Staubsauger heulte auf. Zu gerne wäre ich zu ihr gelaufen, sie war doch so lange weg, aber ich blieb auf meinem Platz liegen. Wie schrecklich diese Ignoranz für mich war. Sie sprach nicht in der liebevollen Art mit mir, wie sie es sonst tat. Schlimmer noch, sie sah mich nicht an, wenn sie an mir vorbeilief. Anscheinend hatte ich etwas falsch gemacht. Aber ich wollte doch alles richtig machen. Meinen Kopf vergrub ich noch tiefer in die Decke und schlief ein.

Als ich wach wurde, hörte ich Stimmen aus der Küche und lief dorthin. Sue kam auf mich zu, begrüßte mich freundlich und ging mit mir nach draußen. Wir gingen eine große Runde und im Wald ließ sie mich sogar ein Stück ohne Leine laufen. Am nächsten Tag musste Sue wieder arbeiten. Doch bevor sie ging, legte sie mir einen riesengroßen Knochen hin.

Den Holzkorb hätte ich sowieso nicht mehr angefasst.

Die Ignoranz von ihr hat mir gereicht.

Kapitel 7

Als ich zu Sue kam, kannte ich nichts. Kein Sitz, kein Platz, bleib, warte, weiter ... nichts. Die normale Grundausstattung bei einem Hund, wie Sue das nannte, war mir gänzlich fremd. Sie hatte eine besondere Art, mir all das beizubringen. Wenn ich mich hingesetzt habe, sagte sie genau in dem Moment -Sitz- und gab mir dazu ein bestimmtes Zeichen. Genauso wenn ich mich auf den Boden legte, sagte sie -Platz-. Ich begriff schnell, denn sie trainierte mehr oder weniger beiläufig mit mir. Das Wort -Nein- hatte ich bei meiner Holzaktion sehr zügig gelernt. Heute hatte Sue frei und wir fuhren mit dem Auto in die Stadt zum Tierarzt, obwohl ich nicht krank war. Sue nannte es Tierarzttraining. Wir setzten uns für lange Zeit ins Wartezimmer. Patienten kamen und gingen, wir blieben sitzen. Zwischendurch legte ich mich auf den Boden und Sue lobte mich dafür. Nach einiger Zeit hörte ich meinen Namen und eine Arzthelferin nahm uns mit in das Behandlungszimmer. Mit gesenktem Kopf erinnerte ich mich an das letzte Mal, als wir in diesem Zimmer waren. Die haben mir so weh getan. Heute ist aber alles anders. Sue klickte die Leine ab und ich konnte überall schnüffeln, was ich auch tat. Zwischendurch kam die Ärztin und hörte mich ab, streichelte mich intensiv. Alles ohne Schmerzen. Ich bekam Leckerchen. Dann wurde was auch immer auf mich gelegt und ich lief mit diesem Irgendetwas durch den Raum. Alle waren entspannt und freundlich. Niemand hatte Stress und so war auch ich völlig entspannt. Das Etwas wurde von mir heruntergenommen und die Ärztin legte es sich wieder um den Hals.

Dieses Tierarzttraining nahm mir meine Angst. In den nächsten Jahren wiederholten wir regelmäßig diese Aktion.

Dort fertig, ging Sue mit mir in die Stadt. An all den Menschen vorbei, die mich nicht beachteten. Die Leine locker folgte ich Sue überall hin. Irgendwann ging sie in ein Geschäft, in dem es für mich sehr ätzend roch. Wir betraten eine Parfümerie.

„Sei vorsichtig, sonst wird es teuer für mich", sagte sie zu mir. Der Raum war nicht groß und die Regale vollgepackt. Wir gingen an den bunten Packungen vorbei und Sue sprach mit der Verkäuferin. Ich wagte nicht, mich von ihr wegzubewegen. Zwischendurch musste ich niesen. Für mich widerliche Gerüche und so war ich froh, wieder draußen zu sein. Sue nannte es Verkaufstraining. Draußen lobte sie mich überschwänglich und gab mir zwei Stückchen Fleischwurst.

„Das hast du richtig gut gemacht."

Auch dieses Verkaufstraining wiederholten wir in regelmäßigen Abständen.

Kapitel 8

Unser Garten lag nicht nur angrenzend an das Feld, sondern auch direkt an dem unserer Nachbarn. Den Hund der Nachbarn hatte ich schon gerochen, aber noch nie gesehen. Heute war die Premiere. Balou war im Garten und wir konnten uns durch den Zaun beschnüffeln. Balou war ein Malteser, viel kleiner als ich. Sue und die Nachbarin redeten miteinander.

„Möchtest du nicht mit Zazou herüberkommen? Dann können die zwei sich richtig kennenlernen. Ich mache uns Kaffee", schlug die Nachbarin vor. Sue nahm die Einladung an und wir gingen in den benachbarten Garten. Balou hüpfte wie ein Flummi und ich lief freudig auf ihn zu. Jedoch hatte er mit meiner Masse nicht gerechnet, die auf ihn zugeflogen kam. Ich rempelte ihn an und kickte ihn mit mehreren Überschlägen über den Rasen. Die Nachbarfrau blieb entspannt, wie Sue. Balou stand auf, schüttelte sein Fell und setzte sich hin. Alles gut gegangen.

„Das klären die beiden schon." Die Nachbarin kam mit dem Kaffee. Da ich sie bislang nicht kannte und begrüßen wollte, lief ich freudig auf sie zu. Leider konnte ich nicht früh genug bremsen und grätschte in ihre Beine. Balou schaute sich das Spektakel aus sicherer Entfernung an und saß im Gras. Die Nachbarin verlor kurz den Halt und die Kaffeetassen hoben vom Tablett ab, wie in Zeitlupe. Die Kekse hinterher. Alles verteilte sich auf dem Rasen. Aber die Nachbarin lachte und sammelte alles wieder auf.

„Du bist eine Tante. An dich muss man sich auch erst gewöhnen. Ich mach´ dann mal neuen Kaffee." Sie verschwand wieder im Haus. Etwas irritiert darüber, dass niemand schimpfte, lief ich zu Balou und wir drehten unsere Runden. Endlich ein Spielkamerad.

„Habt ihr noch einen Kaffee übrig?", hörte ich eine Stimme am Zaun. Ein anderer Nachbar hatte uns gesehen und war mit seinem Hund, einem kleinen Bulli, zu uns herübergekommen. Ich setzte mich ins Gras, denn bei Männern war ich, seit meinem seltsamen Herrn, sehr vorsichtig, beobachtete die

Situation und buffte vor mich hin. Übrigens, das erste Mal, dass ich gebellt habe. Oder so ähnlich zumindest. Die Nachbarin ging sofort los und holte noch Kaffee und der Mann vom Zaun kam mit Hund in den Garten. Balou schien beide schon zu kennen und rannte auf den Hund zu. Ich blieb sitzen. Paddy, der kleine Bulli, lief allerdings sofort zu mir und begrüßte mich.

So wurde ich aufgenommen und es entstand eine riesengroße Hundefreundschaft.

Fast täglich trafen wir uns im Garten, entweder bei uns oder bei der Nachbarin. Der Mann und Paddy waren fast immer dabei. Und nicht nur zwischen uns Hunden entstand eine tiefe Freundschaft, auch zwischen den Menschen.

So unterschiedlich die Hunde auch waren, es funktionierte alles ohne Probleme.

Immer wieder kamen Besucher zu uns oder auch zu den Nachbarn, die wiederum Hunde mitbrachten. Wir drei von Stammrudel nahmen alles auf. Begegneten allen Hunden und den Besitzern freundlich. An einem Tag waren es sieben Hunde, alle anders, in einem Garten.

Es gab nie Streit oder Neid.

Kapitel 9

Nachbars Garten war mein zweites Zuhause geworden. Wenn Sue länger arbeiten musste, blieb ich bei den Nachbarn, die mich ebenso liebevoll behandelten wie Sue.

Aber, als ich eines Tages rüber in den Garten ging, war irgendwas anders. Es roch seltsam neu. Ich sah etwas auf dem Rasen sitzen und es brabbelte vor sich hin. Spielte mit seltsamen Plastikförmchen. Vorsichtig ging ich hin und es streckte seine kleine Hand in meine Richtung. Schnüffelnd schlich ich um das Kleinkind. Das hatte ich noch nie gesehen, solch ein kleiner Mensch. Nun streckte es beide Hände zu mir aus und ich senkte meinen Kopf in seine Richtung. Es zog an meinen Ohren und ich erschrak, schüttelte mich. Dadurch erschreckte sich das Kind und begann zu schreien. Ich wich einige Meter zurück. Das kannte ich nicht.

Die Nachbarin ging durch den Garten und blieb völlig unbeeindruckt. Das Kind beruhigte sich schnell wieder und ich ging wieder zu ihm und schnüffelte weiter. Wieder zog es mir an den Ohren und jetzt auch noch an den Backen, jedoch dieses Mal nicht so fest, sodass ich mich nicht schütteln musste. Wir hatten anscheinend beide dazu gelernt.

Ein neues Mitglied gehörte dem Rudel an und wurde aufgenommen. Das Kind war der Enkel der Nachbarin.

Nach einigen Wochen machte dieses Kind vergebliche Versuche, aufzustehen. Bis jetzt war er nur über den Rasen gekrabbelt und nun versuchte er es immer wieder, kippte aber ständig um. Seine kleinen Beine machten, was sie wollten. Im Gras liegend, beobachtete ich die Situation, stand auf und ging langsam zu dem Kind. Stellte mich links neben ihn und sah ihn an. Er hatte sich mittlerweile, nach der Rolle rückwärts, auf seinen Popo gesetzt.

Er sah mich an. Ich rückte näher an ihn heran und er griff nach meinem vorderen rechten Bein. Mit beiden Händen nahm er mein Bein und zog sich daran hoch. Ich blieb stehen. Der kleine Mann hatte es geschafft, auf seinen Beinen zu stehen, während er sich an mir festhielt. Dann griff er mit seiner linken Hand in mein Fell am Hals, nicht fest, aber fest genug, um Halt zu finden.

Und ... er stand, und ich bewegte mich keinen Millimeter.

Jetzt begann er seine Beine zu bewegen, hielt sich weiter an meinem Fell fest.

„Sue, schau, was die zwei da machen", sagte die Nachbarin sehr leise, aber voller Begeisterung.

Ich ging einen kleinen Schritt voran und das Kind setzte einen Fuß vor. So gingen wir circa zwei Meter, bis er wieder auf seinen Popo plumpste und laut lachte. Die Nachbarin feierte ein kleines Freudenfest, kam zu uns und lobte uns beide. Das

Kind aber wollte nicht betätschelt werden, sondern weiter machen und zog sich wieder an meinem Bein hoch.

So lernte der Junge laufen. Mit mir an seiner Seite.

„Sue, was hast du für einen außergewöhnlichen Hund?"

„Das macht sie von sich aus. Das habe ich ihr nicht beigebracht", antwortete Sue und lachte in meine Richtung.

An diesem Nachmittag war ich nur noch damit beschäftigt, für den Jungen die Gehhilfe zu spielen.

Ich fand das toll.

Gekreische am Gartenzaun unterbrach die Gartenidylle.

„Meine Güte, wie kann man einen Kampfhund bei einem Baby lassen?"

Schon wieder dieses Wort -Kampfhund-. Was war denn damit gemeint? Ich?

Die Nachbarin machte einen äußerst genervten Eindruck und ging zum Zaun.

„Kümmere dich um deinen eigenen Scheiß und geh weiter. Zack – Zack."

Die Frau vom Zaun ging wortlos weiter.

Ich saß auf dem Rasen und senkte den Kopf.

Kapitel 10

So vergingen einige Jahre und ich fühlte mich wohl in meinem Zuhause. Sue sorgte für mich und ich passte auf sie auf. Wenn wir im Auto fuhren, bellte ich jeden Fahrradfahrer an. Die mochte ich weiterhin nicht. Die täglichen Treffen mit Balou und Paddy waren wunderbar. Wir rannten, spielten und ärgerten uns einander. Wenn aber einer in der Sonne schlafen wollte, ließen wir ihn in Ruhe. Leckerchen gab es für alle gleichzeitig und ab und zu bekamen wir sogar ein Brötchen oder ein Stück Würstchen, wenn gegrillt wurde.

Eines Abends jedoch herrschte ein großer Streit zwischen Sue und ihrem Mann. Lautes Geschrei und einige Türen knallten.

Sue schlief an diesem Abend im Gästezimmer in der oberen Etage. Ich verstand das nicht und rollte mich auf meiner Matratze ein. Am nächsten Morgen ging sie nicht zur Arbeit, sondern packte einige Kartons und Koffer und stellte diese in ihr Auto. Das Geschehen beobachtete ich von meinem Platz aus. Von Sues Mann war nichts zu sehen. Sie sagte mir, dass ich auf meinem Platz bleiben soll und sie gleich zurückkommt.

-Platz- habe ich verstanden, mehr nicht. Warum müssen die Menschen immer so viel reden?

Nach kurzer Zeit kam Sue zurück und packte noch weitere Sachen ein. Unter anderem meinen Napf und einige meiner Decken. Mein Spielzeug legte sie in einen Karton, den sie zum Auto brachte.

Sie legte mir Halsband und Leine an und ich stieg mit ihr in das Auto. Dass ich dieses Zuhause niemals wiedersehen würde, wusste ich nicht. Ich schaute neugierig aus dem Fenster, aber die Gegend, die vorbeizog, kannte ich nicht. Sue lenkte den Wagen in eine Einfahrt, parkte und ließ mich direkt aus dem Wagen springen.

Wo sind wir?

Ich ging zur Hecke und schnüffelte den entlanglaufenden Weg ab. Leider erkannte ich nichts wieder. Keine bekannten Gerüche. Als ich mich umdrehte, war Sue verschwunden. Schnell machte ich mich auf den Weg Richtung Auto und da sah ich sie, wie sie aus dem kleinen Holzhaus herauskam. Sie breitete ihre Arme aus und ich lief in ihre Richtung.

„Schau, Süße, das ist unser neues Zuhause. Komm mit."

Als wir im Haus ankamen, sah ich ... nichts. Es war leer. Nur die wenigen Kartons und Koffer standen mitten im Raum. Ich senkte meinen Kopf. Alles sah so seltsam aus, roch so ungewohnt. Sue ging einen Raum weiter, ich folgte ihr.

Dort stand ein großes Bett, aber keine Matratze für mich. Andere Möbel gab es nicht. „Du darfst bei mir schlafen. Du musst nicht auf dem harten

Boden liegen." An diesem Abend lagen wir gemeinsam auf ihrem Bett, sie auf der einen und ich auf der anderen Seite. Platz genug. Als es Schlafenszeit war, bemerkte ich, dass Sue leise weinte. Das hatte ich bei ihr noch nie erlebt und ich rutsche in ihre Richtung und kuschelte mich an. Sie legte ihren Arm auf meinen Bauch.

So schliefen wir gemeinsam ein.

Der nächste Morgen verlief anders als sonst. Sue nahm mich mit in ein Café. Wir liefen einige Minuten, bis wir dort ankamen. Sie hielt nach einem geeigneten Platz Ausschau und der Platz am Fenster war genau passend. Gerade als sie sich setzen wollte, rief eine unfreundliche Stimme:

„Hunde haben hier keinen Zutritt." Sue drehte sich um, sah die verbitterte Verkäuferin an. „Das ist kein Problem, dann setzen wir uns draußen hin."

„Nee, gar nicht." Die Verkäuferin zeigte in Richtung Tür.

„Aber warum? Dort sitzt doch ein Pudel." Sue zeigte auf einen der hinteren Tische.

„Das ist auch kein Kampfhund."

Schon wieder hörte ich dieses Wort.

„Mein Hund ist kein Kampfhund. Das ist ein Cane Corso."

„Raus jetzt", zischte die Verkäuferin.

„Wenn dieser Hund gehen muss, gehe ich auch", hörte Sue aus einer Ecke. Sie drehte sich um und sah einen Mann, der vom Stuhl aufstand und in Richtung Theke ging, hinter der die Verkäuferin mit heruntergefallenen Gesichtszügen einen Schritt rückwärts machte. „Und ich werde überall erzählen, wie eine harmlose Frau mit ihrem artigen Hund hier behandelt wird. Unfassbar. Unverschämt. Nur für Sie zur Information. Ich arbeite bei der ortsansässigen Zeitung und dieser Vorfall wird den Weg auf die Titelseite finden. Da bin ich mal gespannt, wie Sie das Ihrem Chef erklären wollen, der zufällig unser Kunde ist. Und jetzt machen wir noch ein nettes Foto vor dem Laden von dem ach so gefährlichen Hund und der

Mafiabraut." Der Mann drehte sich zu uns um, lachte uns an, streichelte mir über den Kopf und schob mein Frauchen vor sich her, raus auf den Bürgersteig. Sue konnte nichts mehr sagen, begann zu weinen. Ihre Nerven versagten völlig. „Sie können jetzt kein Foto machen, ich sehe gruselig aus."

„Ich will auch kein Foto machen. Dennoch werden Sie die Story am Wochenende auf der Titelseite finden. Ich bin nämlich der Chef von der Zeitung. Nein, wie Sie behandelt wurden. Das geht gar nicht."

Sue bedankte sich höflich und machte es mir nach, stand mit gesenktem Kopf auf dem Bürgersteig.

„Sind Sie von hier?", wollte er wissen.

„Nein, ich bin gestern erst eingezogen."

„Darf ich noch Ihren Namen und den Namen von dem Hund erfahren?"

„Das ist Zazou. Ich bin Sue."

„Angenehm, wirklich angenehm. Dorian. Ich kenne ein Café, zwei Straßen weiter, dort sind auch Kampfhunde willkommen. Er lachte. Darf ich Sie zum Frühstück einladen?"

Sue willigte ein und wir gingen zu dritt zu diesem Café. Es gab Frühstück und für mich sogar ein Bockwürstchen, auf einem Teller serviert.

Meinen Platz wählte ich, wie immer, neben Sue und beobachtete Dorian genau.

Er machte einen sehr sympathischen Eindruck.

Kapitel 11

Nach einigen Wochen waren wir in unserem neuen Zuhause eingerichtet. Sue hatte sogar eine Matratze für mich gekauft. Andere Hunde lernte ich auch kennen, dennoch vermisste ich meine dicken Freunde, Paddy und Balou. Manchmal lag ich auf meinem Platz und immer, wenn ich draußen einen Hund hörte, wurde ich aufmerksam. Leider war es keiner von ihnen. Wenn wir spazieren gingen und ich sah in der Ferne einen Malteser, freute ich mich schon. Doch, wenn er vorbeilief, roch ich, dass es nicht Balou war. Mit Paddy war es genauso.

Heute hoffe ich, dass ich sie wiedersehe. Vielleicht erreicht dieses Buch ja ihre Besitzer und sie erzählen von mir.

Die Frage, ob ich ein Kampfhund bin, habe ich mir mittlerweile auch beantwortet. Nein, ich bin Zazou, ein sehr freundliches Cane Corso Mädchen, und kein Kampfhund.

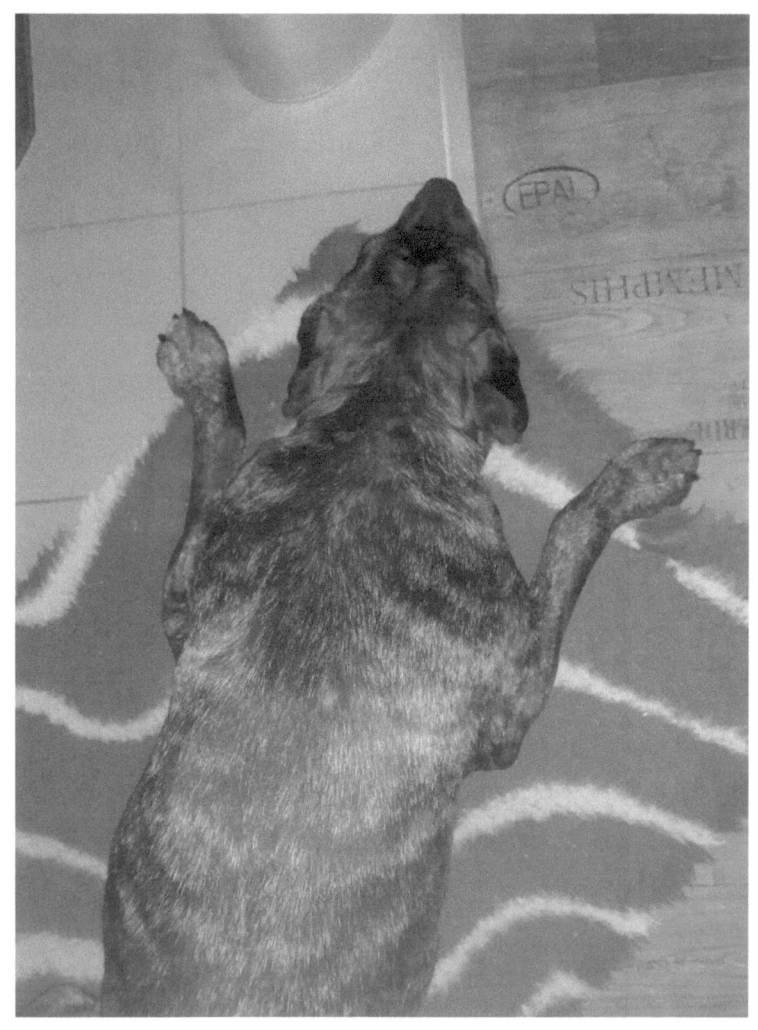

Weitere Bücher

von Syzan Crow:

ISBN-13: 9783759753748

Verlag: BoD - Books on Demand

Syzan Crow

Arbeiten im Discounter

Oder,
wie jemand in den Pfandraum kackt.

ISBN-13: 9783759734495

Verlag: BoD - Books on Demand